Io vi perdono

Titolo | Io vi perdono
Autore | Carmela Palatucci

ISBN | 978-88-91184-08-5

Youcanprint Self-Publishing
Via Roma, 73 - 73039 Tricase (LE) - Italy
www.youcanprint.it
info@youcanprint.it
Facebook: facebook.com/youcanprint.it
Twitter: twitter.com/youcanprintit

I contenuti di questo libro sono frutto della fantasia dell'autrice, ogni riferimento a luoghi, cose, persone e fatti è puramente casuale.

Dedicato a tutti coloro che sono stati calunniati e subiscono cattiverie gratuite.

A chi sopporta per amore di qualcun altro consapevole che il peggio non hai mai fine quando lo si riceve.

A chi viene ghettizzato perché si rifiuta di appartenere a gruppi composti da gente mediocre e si ribella all'ipocrisia fatta di finti sorrisi.

A chi sa parlare ancora di amore e si commuove sempre anche delle cose date come scontate.

A chi ha il coraggio di cambiare giorno dopo giorno la propria vita in meglio e di avere la consapevolezza che nulla è a caso.

A chi come me si spezza ma non si piega.

Ad Alessandro

L'ho fatto… ho mantenuto la promessa e so che stai gioendo per questo!

A mio figlio

A te che sei bimbo e ti trattiamo da adulto e che quando sarai adulto ti tratteremo da bimbo.

A te che incassi sempre nel bene e nel male con la differenza che il male lo gestisci meglio del bene.

Questa tua ricerca della normalità… solo per esorcizzare la tua diversità da tutti.

I tuoi silenzi carichi di rumore e la bellezza infinita del tuo cuore… la mia commozione mentre scrivo…

A Te che non ti smuovi quando ti parlo di angeli, nani e fate e sorridi con quei magnifici occhi grandi e cambi poi discorso per non dare energia all'evidente.

A te che stai capendo che chi ti urla addosso lo fa solo perché è disperata nella sua frustrazione e che solo Dio potrà aiutarla a guarire dalla vigliaccheria di prendersela con un bambino.

A te che fingi sempre che tutto vada bene e quelle volte che non lo fai il mondo intero si ferma solo per ascoltare le tue perle di saggezza.

Spero che un giorno… amore mio… comprenderemo che le perle ai porci non vanno mai date.

A mio marito

Ti è stato detto dei denti belli, del deserto, dei sandali venduti, del palazzo reale.
Il potere dell'amore può trasformare ogni piccolo fallimento in grandi vittorie se l'anima è pronta a recepirne il significato.
C'è un giardino magico dove tutte le essenze che si appartengono si danno appuntamento… oltrepassano spazio, confini e tempo… si ritrovano finalmente libere di essere loro stesse nell'infinito.
Un giorno la bontà d'animo e la gentilezza del tuo cuore saranno premiate ….nel giardino ci guarderemo e ci riconosceremo subito.

Il cielo che guardava dalla finestra di casa sua era tutt'uno con la terra tanto da non distinguere l'orizzonte.

Le colline verdeggianti ricordavano una bella donna fertile distesa su di un fianco che godeva di quel bel vedere.

I colori intensi dipingevano le stagioni dell'anima e i profumi si espandevano nella valle inebriando i cinque sensi.

La luce magnifica che guardava da quella finestra accompagnava il suo sentire verso l'infinito… quella luce un giorno si spense per poi riaccendersi molto, molto tempo dopo.

Ricordò di aver aperto gli occhi e di aver avuto paura!

Non si riconosceva e non riconosceva gli altri, era un'estranea in terra straniera. Impiegò del tempo per capire di che sesso fosse il suo corpo ma quando incontrò gli occhi di sua madre provò un sentimento che ancora non comprendeva bene ma che a tempo a venire non lo avrebbe mai rivisto nei suoi tutte le volte che avrebbe osservato suo figlio.

Ci sono diversi modi di amare un figlio ma purtroppo l'indifferenza e l'inequità l'accompagnarono da figlia ferendola e fortificandola in egual modo.

Fu complicato e faticoso abituarsi alla nuova vita ma fu messa subito al corrente che la sua esistenza e quella degli altri avrebbero camminato su binari paralleli ma completamente diversi.

Il suo vedere era così nitido, chiaro, preciso che anche in questo la sua diversità in quel mondo normale doveva essere gestita bene!

Dell'invisibile si ha paura e chi vive a stretto contatto con questo deve continuamente mediare tra le profonde verità di cui è testimone e la stupidità di chi non crede e tende a prevaricare!

E di questo ne pagò sempre le conseguenze.

Gli angeli sono belli, fantastici, creature meravigliose… poi quando ti capita di averne uno accanto non fai altro che trovargli difetti impegnandoti a farlo sembrare a tutti i costi peggiore di te.

Ciò conta poco perché gli angeli rimangono angeli e gli uomini rimangono uomini agli occhi di Dio!

…No, io non sono tua madre, quella vera è in un'altra città… diceva sorridendo ignara del male che faceva a quell'esserino già di suo così impaurito.

Questo gioco durò fino a quando la madre guardandola un giorno si rese conto che la piccola ci aveva creduto davvero ma in cuor suo non si dispiacque di quella crudeltà inflitta così gratuitamente in quanto per sempre lei non sarebbe mai stata la sua preferita.

Suo padre invece nella sua immensa bontà d'animo comprese subito che avrebbe dovuto proteggerla, sfociando purtroppo nei primi anni di vita nel proibizionismo più totale.

Quell'uomo inconsciamente aveva sempre saputo che lei era diversa dall'altra figlia e la trattava quasi con riverenza pur non comprendendo sempre tanti suoi atteggiamenti.

Gli anni passavano e cresceva la sua consapevolezza: c'era sempre quella vocina che l'accompagnava e quel sentire forte soprattutto quando c'era un pericolo.

Sebbene sapesse che casa sua, quella vera, era veramente molto lontana da lei viaggiò in lungo e in largo e conobbe tanta gente ma quel senso di inadeguatezza e di nostalgia l'avrebbero accompagnata sempre.

Com'era difficile far finta di essere come gli altri, fermarsi alle apparenze, rimanere sempre in superficie!

Continuava ad avere paura del contatto ma soprattutto delle contaminazioni, tutto le sembrava sporco, pieno di microbi… si rassicurava solo quando guardando le sue ali le ritrovava candide come le aveva lasciate.

"Sento di non esistere" si confidava con un amico più grande il quale fu il primo ad individuare in lei cose straordinarie.

Intanto il suo vedere si ampliava sempre di più e con esso anche il dolore grande di chi sa che la maggior parte della gente pensa una cosa e ne dice un'altra!

Come mai la circondava tutta quella miserevolezza?

Tutta quella corsa a dimostrare di essere più forti e più potenti degli altri ma solo per se stessi!

E l'amore per il Padre supremo dove era?

Le messi e le carceri piene e il gesto folle di vendersi un rene per pagare il mutuo… ma dove era capitata?

Dove l'avevano mandata?

Capì anche il perché alla convocazione celeste tutti avevano fatto un passo indietro... l'avevano incastrata!

Anni dopo si ritrovò a combattere per salvare la sua dignità dipinta nelle sue ali mortificate dall'impotenza dell'essere.

Quello non era vivere ma solo sopravvivere!

V

All'inizio aveva una vocina che le diceva di scappare, di proteggersi da lui…da una parte aveva fatto bene a non ascoltarla perché in fondo sarebbe stata compresa ed amata ma dall'altra avrebbe fatto bene ad ascoltare per tutto il dolore che ne sarebbe conseguito.

Era estate e lei non amava il mare… lui viveva per esso, fin dall'inizio cercarono di entrare uno nel mondo dell'altro e ci riuscirono alla perfezione, senza mai strafare. I loro silenzi parlavano per loro.

Lui al primo incontro la riconobbe subito e la volle intensamente, lei provò a scappare ma poi si abbandonò… in lui vedeva un porto sicuro.

Furono anni di profonda ricerca interiore per entrambi, di incontri forti e di rivelazioni sconvolgenti, non ci fu volta che lui non le prese la mano quando c'era da attraversare la strada.

Era positivo e sognatore, un grande sognatore, ma anche pieno di conflitti interiori, si era messo totalmente a servizio della "luce" e ciò lo rendeva ancora più coraggioso e combattente di quanto già lo fosse.

Sapeva fare tutto a modo proprio, difficilmente chiedeva aiuto e sebbene fosse in contatto ogni giorno con energie superiori rimase sempre un uomo semplice ed umile.

Quando il cielo gli si manifestava, lui si poneva come un bambino che all'occorrenza doveva divenire grande!

Fu designato per grandi progetti tra cui forse il più grande…
Suo figlio!

Lei era rapita nell'osservarlo guardare la natura perché diveniva tutt'uno con essa, amava la terra e gioiva nel coltivarla… era come un grande albero dove le radici erano ben salde a terra ma i rami pieni di foglie si estendevano verso l'alto, fino a baciare Dio!

"Partiamo, andiamo via di qui!

Cerchiamo un posto in campagna dove poter vivere felici e realizzare i nostri progetti…" le disse un giorno…

"Sono spinto ad andare in questa zona…" le disse un giorno guardando la cartina… "Andiamo!" rispose lei inspirando lentamente.

Così fu!

Trovarono il posto dopo aver girato tantissimo convinti di fare grandi cose e in tutto ciò sempre presente con loro c'era il loro amico carissimo il quale si sobbarcò anche egli della spesa ignaro del fatto che un giorno sarebbe stato lui stesso "l'erede" universale!!!

Dopo sette anni di convivenza lui le disse: "Sposiamoci..." e organizzarono una festa con tanti amici e tanta allegria e lei continuava a dipingere quadri di una donna che piangeva da un occhio!

In quella casa tutto era magico chi riusciva ad entrarci poi non voleva più andarse sene tranne per chi non era spinto da buone intenzioni in quanto come per ogni favola che si rispetti i buoni rimangono buoni e subiscono e i cattivi rimangono cattivi e inveiscono.

Furono anni intensi per lei che in quel contesto era libera di ascoltare ciò che le veniva sussurrato all'orecchio!

Scrisse e dipinse tanto.

Un giorno le sarebbe stato consegnato il conto salatissimo da pagare per il soggiorno in quell'angolo di paradiso.

Con la gioia nel cuore e non con poca paura scoprì di essere incinta... come avrebbe fatto?

Aveva sempre visto il parto come la cosa più innaturale di questo mondo... quasi un castigo!

Furono nove mesi bellissimi e per niente faticosi tranne quando il piccolo ballava continuamente il rock and roll e la pancia le si muoveva velocemente.

Sebbene tutto fosse così estraneo a lei, riusciva a sentire perfettamente l'esserino, comunicare con lui e trasmettergli tutto l'amore possibile!

Venti giorni prima della scadenza si ruppero le acque e corsero in ospedale.

Aspettò due giorni prima di partorire poi la portarono di corsa in sala operatoria quando si accorsero che i due se ne stavano ritornando sul loro pianeta di provenienza!

Guardò l'orologio erano le 19.15 di un giovedì sera quando arrivò l'urlo liberatorio del piccolo, lo stesso che molto probabilmente si sarebbe portato dentro per sempre.

Quando si guardarono lei pianse, lui sbadigliò, l'energia era talmente forte che tutti si sbrigarono a finire in fretta pur di uscire di lì.

Fuori la neve candida era altissima!

Ogni fiocco conteneva una nota di una canzone degli angeli, tutto il cielo era in festa!

Quando tornarono a casa con tutto quel bianco la valle sembrava incantata e per lei iniziava la prova più grande... essere madre!

Infatti fu dura e difficoltoso in quanto autodidatta e non potette contare sull'aiuto di nessuno tranne di suo marito e del loro caro amico. "Abbiamo fissato la data per il battesimo, vorremmo tu fossi il padrino!" dissero al loro amico e la risposta fu: "Guai se l'avessero chiesto a qualcun altro".

La chiesa era gremita, tutto il paese venne a salutare il piccolo e nel loro nido incantato prepararono un pranzo per i loro pochi e ben voluti ospiti.

Di tutti quelli solo una persona poi si sarebbe preso cura di lei raccogliendo i mille pezzi sparpagliati qua e là.

Ringraziando Dio il piccolo cresceva bene e in fretta!

Nell'attimo in cui lei si stava per rilassare e abbandonare spada e scudo, una notizia terribile avrebbe cambiato per sempre il futuro di quella famiglia da mulino bianco.

Osteosarcoma mandibolare... il più cattivo di tutti, quello per cui non c'è scampo, dove non c'è ritorno.

Da anni a quella parte arrivi e partenze avevano caratterizzato la sua vita e di chi aveva avuto a che fare con lei... e uno di questi non sarebbe più tornato.

L'impensabile stava accadendo, lui aveva cambiato il copione di quel film senza preavviso e nessuno di loro era pronto a ciò!

Fu un anno di pacche sulle spalle, di corse in ospedale, di attese infinite e di aghi, tanti aghi.

Lo strazio nel vedere quel possente esemplare umano che si rimpiccioliva davanti ai suoi occhi e non riuscire ad avere uno straccio di spiegazione.

Lei era irriconoscibile, si divideva tra essere madre, infermiera tranne che donna in quanto ormai si stava disintegrando ancora prima di essersi formata.

Il suo dolore preso a calci come una partita di serie B in balìa di umori alterati da chi decideva e per chi e lei abbandonata come l'ultima delle ultime.

Chi conosceva bene la sua essenza e sapeva parlare così bene al suo cuore se ne era andato... senza preavviso... l'aveva lasciata sola prima che lei avesse potuto comprendere bene la lezione umana.

Di tutti quelli che avevano bussato alla sua porta e avevano trovato calore e cibo per l'anima, pasti caldi e amore puro, qualcuno fu allontanato, qualcuno scappò, qualcun altro ancora sparla di lei.

Di tutta quella storia le rimasero il dolore dilaniante, il mutuo della casa e il figlio che balbettava e urlava di notte.

In quel deserto arido l'amico di sempre le disse: "Ci sono io… conta su di me!".

Da allora ci furono anni duri e pesanti dove lei non aveva più schermo, diventò facile bersaglio delle più becere meschinità umane!

Sicuramente se fosse appartenuta a questo pianeta non sarebbe sopravvissuta a tante avversità ma fortunatamente in quanto emanazione d'amor sublime ricominciò da capo ogni volta.

A pranzo un giorno il piccolo chiese all'amico fidato se potesse chiamarlo papà e lui commosso rispose che ne sarebbe stato onorato.

Si stava formando una nuova sinergia, un capitolo nuovo ma ignari non sapevano che la cattiveria e l'ignoranza umana si sarebbero accanite su ciò che Dio stava unendo.

Eppure con tutto quello che sarebbe poi accaduto non conobbe la vendetta in quanto aveva chiaro di non indossare vesti da giudice e per chi ha subito e perduto non c'è giustizia che tenga. Sulla terra chi è più forte pensa di comandare e chi è più fragile pensa di subire, in verità il gioco delle parti salva un po' tutto, sopratutto i matrimoni.

Aveva la sensazione che più correva e più rimanesse ferma!

Il tempo esiste per chi sa aspettare! Le onde del mare si infrangono sugli scogli... non come lei che ormai al lieve tocco ne rimaneva frantumata.

Lei e il piccolo avevano bisogno di amore, era il solo linguaggio conosciuto in quanto generati da esso e in quello c'era la loro sopravvivenza.

Era sempre riuscita ad avere distacco dalle cose in quanto non le conosceva bene e il possesso e l'egoismo la imbarazzavano non poco.

Poi guarda caso entrò a far parte di un clan familiare dove predominavano questi, saturo di dinamiche emotive insane, figlie bulimiche e anoressiche, mariti traditi che però riuscivano ad avere con lei un atteggiamento mascherato al di sopra di ogni sospetto e all'occorrenza divenivano anche belli.

I simili dovrebbero stare con i loro simili tranne per lei che non le era stato mai concesso (per forza maggiore), eccezione fatta per suo figlio che non era un suo simile ma parte di lei.

Tempo dopo comprese profondamente quanto la gente fosse meschina e pericolosa, aveva sempre dato il suo cuore apertamente, ecco perché adesso sanguinava.
Suo figlio era esigente come lei e difficilmente lo si poteva prendere in giro... a volte fingeva di non capire per paura di mortificare ancora di più la bassa intelligenza di chi aveva d'avanti.
Sorrideva ma non dimenticava... come lei!
Tutti i soprusi, gli sgarbi, le cattiverie erano gelosamente conservati nella memoria della sua anima e si intristiva nel pensare che riusciva ad alleggerire tutti mentre tutti appesantivano lei.

Si accorse di non essere più la stessa in nulla neanche nelle paure e di entrare sempre di più in sintonia con suo figlio che era più terreno di lei e questo la rendeva pazza di gioia perché sarebbe stato armato bene.

Quando sei nel buio più totale a stento affiora la luce, il confine tra il nulla e il niente è impercettibile... ma lei lo conosceva... riconosceva l'inizio e la fine ma non dal suo orizzonte.

Anni racchiusi in attimi e attimi in eternità... era solo questione di equilibrio.

Si ritrovò a non pensare al domani, semmai ne avesse avuto uno, e lentamente, dolcemente scivolò nel sonno del piccolo sincronizzandosi sul suo respiro.

Pioggia di colori e di note... come aveva fatto tanto tempo a viverne senza! Dove era stata fino ad allora? Adesso stava tornando e da lì sarebbero iniziati i problemi.

Gli angeli in missione sono abbandonati a loro stessi! Vivono una vita non loro e non gli viene risparmiato niente, anzi per loro tutto è più complicato e difficoltoso in quanto non possono manifestare la loro magnificenza.

Devono fingere di essere come gli altri nel bene e nel male e mascherare alla perfezione la loro altissima sensibilità e in questo pianeta di vinti e vincitori diventano prede perfette di intrecci di sporco potere.

Ma nel pianeta di amore puro, dove non vi è procreazione dolorosa e continua resa dei conti, il tempo senza tempo regna sovrano e l'adorazione al divino inteso come matrice unica accompagna l'andare di chi rimane senza essere mandato altrove a contrastare l'oscurità.

Come poteva dunque raccontare che lei riusciva a leggere un libro in un secondo o a svolgere in contemporanea diversi compiti manuali e di aver sopra tutto sempre l'assoluta certezza di cosa pensasse il suo interlocutore?

Comunicare con i fiori e le piante le riscaldava il cuore ma allo stesso tempo c'era sempre quella solitudine nostalgica con cui condividere il suo quotidiano.

Più in là con gli anni pensò che era terribile pensare di vivere il più possibile sulla terra e abituarsi a tutte quelle brutture ma come l'avrebbe potuto capire chi non aveva mai lasciato la propria casa?

Un'altra dura scoperta sulla propria pelle fu l'abilità dell'uomo all'abituarsi a tutto, nel bene e nel male, e vivere quella condizione anche fino all'ultimo respiro.

Come faceva l'uomo a vivere senza ali leggere a non vivere l'incorporeità e l'impossibilità di oltrepassare lo spazio, le galassie?

Ricordare casa sua la intristiva e le creava un dolore così forte che una cosa era certa era meglio non sapere che sapere nella speranza di dimenticare.

La difficoltà più grande per un angelo combattente è quando gli viene chiesto di essere moglie, madre, amante e la paura di esserlo diventato davvero.

Lei si rese conto di non poter più rimanere in quella casa testimone di emozioni così forti e dopo aver compreso che il dolore vinceva su tutte decise di andare via.

Di tutto ciò il piccolo non aveva più chiesto sebbene fosse chiaro che ricordasse frammentariamente.

Andarono a vivere in quella città così rinomata, ma l'impatto fu subito negativo tra condomini spioni, diffidenza e tanta ipocrisia. Avevano lasciato quell'angolo di paradiso per vivere in quel pezzo puzzolente di fogna mascherato dalle belle arti.

Si accorse di quanto lei e il piccolo fossero stati protetti dall'esterno e come fece Siddharta si incamminarono tra finti sorrisi con la paura di diventare loro stessi così senza accorgersene.

Gli oriundi erano bravi nell'avvicinarsi, apparentemente per socializzare ma in realtà una volta saziata la loro curiosità diventavano invisibili e introvabili pregni della loro meschinità!

Il nucleo familiare tra alti e bassi si barcamenava tra la solitudine e le paure del passato che tornavano sempre, fortunatamente l'esserino con la sua allegria teneva banco e sollevava gli umori un po' spenti.

Non c'era più l'ispirazione per disegnare e scrivere e quando lui era fuori città per lavoro cioè quasi sempre, tutto era sulle sue spalle e in questo trascinarsi non si fece mancare niente nemmeno la labirintite.

La labirintite significa smarrire la strada dunque vertigini e sbandamenti, la paura dell'abbandono, di non sentirsi protetti, di essere soli!

Tranne qualche telefonata dei propri genitori lontani, le sue giornate trascorrevano in perfetta solitudine e disperazione.

Le rimaneva però il suo vedere oltre e ciò la rendeva ancora più indifesa... ci ricascò ancora, era troppo forte per lei non porsi d'aiuto all'occorrenza ed iniziarono ad arrivare a lei persone che avevano bisogno di aiuto e volevano la sua veggenza.

Iniziava un nuovo capitolo, lentamente si riaffacciava alla vita e stava riprendendo coraggio.

Per lei dare era sempre stata un'esigenza anche dopo aver ricevuto male ma come diceva sua madre: "Chi nasce tondo non può morire quadrato".

Chi veniva a contatto con lei rimaneva sconvolto dalla descrizione nitida che lei faceva del passato e del presente senza omettere né cose, né persone.

Le chiedevano perché della ciclicità degli eventi, di errori, di perseverare per strade anguste.

Lei andava dritta al nodo del pettine permettendo di comprendere a monte il problema ma pochi comprendevano chi avessero davanti e senza dubbio era meglio così.

L'uomo quando ha paura e non comprende può divenire cattivo e pericoloso e lei era felice di passare inosservata in quel tumulto d'istinti bassi, pazza di gioia all'idea di porsi come strumento divino. Le cose stavano cambiando e ultimamente avevano incontrato anche belle persone con cui chiacchierare e stanca di essere all'erta depose spada e scudo per godere di quella apparente pace ritrovata.

Da quando era piccola che suo padre le ripeteva che il sole non aveva mai freddo e lei di quel sole ne voleva tutti i benefici!

Era sempre attenta a suo figlio, monitorava tutto, rimanendo in ombra ma essendoci sempre e mai, nemmeno per un momento qualcos'altro era venuto prima di lui inclusa se stessa.

Cresceva velocemente e iperattivo ma con quell'ansia da vuoto che si acutizzava in momenti particolari come la partenza del nuovo papà!

Era un bambino sensibilissimo ed emotivo ma guardandolo in realtà sembrava un vecchio che voleva regredire all'infanzia e questo la preoccupava non poco.

Le feste non le erano mai piaciute, in quei giorni era sempre triste e non riusciva a capire questo festeggiare a tutti i costi.

Sebbene sua madre fosse donna di chiesa non le era mai stato insegnato cosa fosse il Natale veramente oltre a Babbo Natale che portava regali ai bimbi buoni.

Aveva convissuto sempre con la solitudine e in quei giorni si accentuava il suo disagio ma con l'arrivo del piccolo tutto era cambiato.

La casa con tutti gli addobbi si trasformava e fare l'albero diveniva piacevole. Soprattutto comprese che il Natale era la festa dell'ipocrisia per eccellenza e che lei a tutto ciò non ci stava più.

In quella città dove tutti vivevano d'apparenza e tutto andava bene anche se si moriva la gente preferiva essere invitata più che ricevere ma alcune volte succedeva anche di non presentarsi agli inviti senza neanche avvisare.

In tutto questo, paese che vai abitudini che trovi ma lei si impegnò fortemente per non prendere quelle del posto.

Lui sempre in viaggio e suo figlio sempre troppo ansioso, le cose non cambiavano e questa cosa la uccideva più di tutti.

Sebbene ci fossero dei problemi la voglia di ricevere e di dare degna ospitalità era più forte di loro ma purtroppo presto compresero che le perle ai porci non portavano nulla di buono anzi declamavano la sconfitta.

Per gli angeli è sempre festa e sono sempre felici e sopratutto hanno poco a che fare con gli umani.

Rimaneva comunque sorpresa di come un karaoke potesse così unire lì dove la comunicazione veniva totalmente a mancare.

Lui un uomo buono, bello e sicuramente devoto a ciò che considerava la sua ricchezza più grande ossia la famiglia.

Anche per lui non era stato semplice accollarsi quella pratica così scottante ossia lei e suo figlio ma veniva ripagato da tanto amore e calore cosi che le sue partenze gli divennero sempre più pesanti nell'attesa del ritorno.

Alquanto saccente, spesso si imponeva e lì era guerra dichiarata, ma era stato scelto dagli angeli e questo contava non poco!

Per loro aveva superato l'impossibile... le macumbe della madre, l'indifferenza delle sorelle ma soprattutto apparire in quella storia sempre come uno contro tutti.

Sapeva dare il giusto peso alle cose ma spesso dimenticava che lei non era come tutte... allora puntualmente accadeva qualcosa che glielo facesse ricordare.

Lei lo osservava spesso senza che lui se ne accorgesse in quanto le sembrava inconsueto ma sapeva che il suo cuore era legato a quello di lui e che mai nella vita avrebbe potuto dargli alcun dispiacere.

Presto comprese anche che l'amore arriva veramente quando meno te l'aspetti e situazioni anche alquanto strane.

D'altronde se si sposa la causa che tutto è scritto indubbiamente il cielo voleva così.

Si sposarono in un caldo giorno d'estate, pochissimi invitati e tanta emozione... lei era bellissima... ebbe complimenti da tutti tranne che da lui ma era serena in quanto conoscendolo sapeva che lui badava più alla sostanza che alla forma.

Il piccolo aveva raggiunto il suo obbiettivo essere una famiglia a tutti gli effetti come diceva lui e forse da quel giorno scomparve anche quel senso di vuoto ereditato dal dolore.

Quel giorno fu una grande lezione di come purtroppo gli amici si scelgono e i parenti no, ma questo non trova spiegazione nell'arco di poche righe.

Prima di addormentarsi quella sera lei pensò che quella sua immagine così bella ed elegante l'avrebbe conservata per sempre nell'archivio della sua anima e pensò anche a quanta gioia provassero i suoi colleghi lassù.

Loro tre si meritavano! Almeno in quel momento... in quanto la parola per sempre da tempo avevano scoperto che non esisteva più. Quando si guardavano l'anello al dito si stupivano sempre perché sembrava incredibile che quella decisione così importante fosse stata presa così all'improvviso ma pensata da sempre!

Eppure non comprendeva come mai i colori ai suoi occhi erano sempre più sbiaditi e sentiva di crescere più nelle paure che nella consapevolezza, di essere oltre a tutto quello squallore che la sommergeva.

Allora perché non riusciva a essere indifferente?

Perché continuava a farsi ferire da tutta quella pochezza?

Allora era vero forse quello che dicevano tutti quelli che qui c'erano stati, che dopo un po' vieni catturato da questa illusione e non sai più riconoscerti.

Sarà per tutto il tempo trascorso a togliersi i coltelli dalla schiena, per quel vivere ansiolitico che in effetti si era persa in qualche oncia di tempo e forse vivere la paura di non riuscire più a ritrovarsi.

Non sentiva più la preghiera e la gioia nel cuore, non si riconosceva più emissario di luce... in realtà non sentiva più niente... proprio lei che era il tutto.

Perché non riusciva più abituarsi ai luoghi e alle persone ma sopratutto a quel luogo e a quelle persone? Più volte le avevano consigliato di essere più diplomatica altrimenti avrebbe avuto sempre il deserto intorno a sé, ma la ribellione era ancora forte, non riusciva proprio a scendere a compromessi.

Non resisteva più in quella città puzzolente e soprattutto non sopportava più quella fiera dell'ipocrisia.

E infatti, grazie a Dio, il miracolo avvenne, riuscirono ad andare via da quella palude insana per spostarsi timorosi e speranzosi in un luogo scelto da lei con tutte le buone intenzioni nel cuore. Traslocarono con non pochi problemi ma in fondo al cuore c'era sempre quella sensazione di sconfitta che li avrebbe accompagnati per sempre.

La sensazione terribile di non recare danno a niente e nessuno e ricevere sempre ingiustizie continue, a chi dei due era dovuto ciò? Sicuramente sarebbero dovute cambiare la rigidità mentale di lui e i timori di lei che arrecavano un clima militare e triste e il piccolo fino all'ultimo sperò che venisse capito.

Cambiata città, gente e quotidianità quella tristezza persisteva ma soprattutto quel non sentirsi famiglia congelava qualsiasi equilibrio nascente.

Per lei era un incubo... un figlio iperattivo e ansioso, un marito docente nella vita e questa sua frustrazione aggravata dalla mancanza di una carezza o di qualsiasi altra manifestazione d'amore.

Reagì nel peggiore dei modi... chiudendosi in se stessa e sognare una vita da fotoromanzo come una casalinga sessantenne dimenticata dal marito e dalla vita sensoriale.

Si osservò allo specchio e si ritrovò irriconoscibile, appesantita, spenta, triste ma sopratutto forse era diventata una delle tante.

Fin dall'inizio un maleficio si abbatté su loro due, il mandante, la madre di lui che mai e poi mai avrebbe accettato questa unione non decisa da lei.

Chissà negli anni quanto spese in maghi, maghetti ed iniziati oscuri… una cosa era certa che dovunque fossero andati la nuvola nera della maledizione li avrebbe accompagnati.

Questo a lei era chiarissimo ma con il tempo si stancò di difendersi da ciò e da lui che voleva fare, fare, fare e poi non faceva niente.

Agli angeli che decidono di compiere il loro percorso terreno vengono tolti tutti i loro poteri affinché non vi sia risparmiato nulla, dunque era come se lei fosse nuda!

Infatti negli anni aveva visto e subito di tutto… le teste spezzate di alici avariate messe sul balcone dalla mamma di lui, nella camera dove dormivano lei e il piccolo.

I sorrisi satanici di una delle due sorelle complici della madre mantide nera che subdolamente tesseva la ragnatela nera a quei tre poveri ignari sfortunati.

Le insinuazioni di un padre malpensante che poverino doveva solo che subire quel potere matriarcale colluso con il male.

L'assenza dell'altra sorella che sapeva, ma doveva tacere ed estraniandosi pensava di avere meno colpe, un fratello mai conosciuto che fino alla morte, pur avendo a sua volta subito i malefici materni, avrebbe appoggiato sua madre.

Dall'altra parte lei che doveva proteggere astralmente con la sua spada di luce i suoi cari, domare il suo dolore, vivere un'altra esistenza su un piano parallelo e lui guardandola le diceva che la sua era depressione cosmica.

Non c'era nulla che andasse a buon fine, per loro tutto era difficile e complicato e non c'era un momento di pace che non venisse rovinato da una lite o da questa pesantezza che lui aveva dentro.

In tutto ciò non un bacio, un abbraccio, un qualcosa che si definisse fisico, tanto che lei iniziò a pensare di essere divenuta brutta e non più desiderabile... tutta quella freddezza d'animo la stava uccidendo.

Decisero di andare due giorni al mare, partirono con l'intento di rilassarsi... arrivarono all'agriturismo scelto a caso su internet, ad aspettarli c'era la proprietaria, una donna anziana che mostrò loro la camera in quella struttura così grande e così deserta.

Andarono subito in spiaggia poco lontano da lì e poi tornarono in camera per il riposo pomeridiano ed accadde l'incredibile.

A lei apparve il marito defunto della proprietaria il quale raccontava di quanta lotta di potere ci fosse in quel luogo e di come due figli fossero stati allontanati ingiustamente, le chiedeva di portare luce e pace.

Lei raccontò naturalmente tutto a lui che impersonando il giustiziere mascherato si convinse che la cosa giusta da fare era mettere al corrente l'anziana signora e divenire così tramite della fine dei conflitti.

Pur non essendo convinta lei accettò e quando vennero esposti i fatti la vecchia signora impallidì e si agitò a tal punto da chiamare la figlia convinta di essere in pericolo con loro che secondo lei conoscevano troppo.

Vennero cacciati malamente e accusati di essere stati mandati da chissà chi a minacciare quello stinco di madre che poi in seguito si scoprì di aver portato in tribunale i figli per negar loro ciò che gli spettava.

Per l'ennesima volta la quiete si era trasformata in tempesta e se ne ritornarono a casa più stanchi di prima con la voglia di dimenticare tutto al più presto e che tutto rimanesse solo una spiacevole parentesi surreale in quelli che dovevano essere gli unici giorni di vacanze.

Naturalmente non fu così, un anno dopo arrivò la querela da parte della dolcissima vecchina che li accusava di minacce ripetute e ricaddero di nuovo nell'incubo della persecuzione e della maledizione.

Lei pianse, si disperò e continuò a chiedersi perché nel fare bene riceveva male, tanto male.

Subito dopo prevalse la rabbia per l'ingiustizia subita come sempre e per la prima volta provò disgusto per l'essere umano.

Non le era mai successo prima in quanto l'occhio misericordioso riusciva sempre ad equilibrare il suo vivere da ospite.

Le conseguenze di un dolore per la perdita di un proprio caro sono devastanti negli anni a venire ma forse ciò che distrugge di più è il fatto che gli altri non potranno mai comprendere fino in fondo se non l'hanno vissuto sulla propria pelle.

Si perde l'interesse per tutto ciò che ci circonda, non si riesce più a vedere il futuro, ci si sente contaminati dalla morte, si pensa che tutto sia finito e che mai e poi mai potrà passare.

Invece passa, il dolore si attenua fino a modificarsi ma ciò che resta è la paura che possa ripetersi e non ci si sente più sicuri di niente neanche di se stessi.

Quando si pensa di essersi distaccati abbastanza per ricominciare basta un niente e bisogna poi rifare tutto daccapo.

Con il tempo poi, superate la rabbia, il rancore, la disperazione, la rassegnazione, la visione della vita cambia dando più valore alle piccole cose e a come può cambiare il proprio umore grazie al sorriso di un bambino al supermercato.

Chi aveva condiviso con loro il buon cibo e il buon vino, la gioia, l'allegria e la loro purezza d'animo sparì misteriosamente.

Tempo dopo comprese invece l'enorme fortuna di aver perso tutti quei parassiti e che poteva ricominciare e ricostruirsi senza che nessuno le succhiasse la sua linfa vitale divina.

"Paga… e ritireranno la denuncia… in quanto non ti crederanno mai e sarai esposta a male peggiore..." le disse un giorno per telefono il suo avvocato che bene la conosceva in quanto sua amica.

Purtroppo folli attacchi di panico e di inadeguatezza non confessata fecero sì che per l'ennesima volta non venisse difesa come meritava ma che al solito divenisse sacrificio da porre su un piatto d'argento ad un altare oscuro.

Anche l'avvocato dopo i tanti ti voglio bene ed io ci sarò scomparve nel nulla lasciando un conto salato da versare all'ennesimo parassita incontrato su quel difficile cammino umano.

Le cose ai suoi occhi cambiarono notevolmente, non c'erano più la fiducia, la speranza, la stima nel genere umano e più passava il tempo e più comprendeva che difendersi in quella giungla sarebbe stata dura.

Guardandosi intorno però iniziò a notare cose per lei nuove, il velo dell'ingenuità cadde dai suoi occhi e iniziò a non aspettarsi più niente da nulla e da nessuno e i suoi giorni divennero uno uguale all'altro e il suo respiro non fu più lo stesso.

Dal baule stellare furono recuperati spada e scudo e il ricordo di chi fosse e di cosa fosse venuta a fare si rimpossessò di lei e con una spiga di grano nel cuore e con i piedi nel fango si rincamminò sul sentiero travagliato.

Si sarebbe dovuta accontentare di brevi e ineccepibili attimi di gioia e di pace e il suo piacere sarebbe sempre venuto dopo alle esigenze degli altri.

Di lei che fosse una donna non classificabile si evinceva dallo sguardo di chi la guardava o di chi aveva a che fare con lei e comunque o si amava da subito o sarebbe stato molto difficile avere un punto di incontro con lei.

Questa sua capacità di leggere dentro mandava in tilt anche la più equilibrata mente umana e il sospetto che dietro quegli occhi ci fosse un mondo a parte si impossessava anche di chi era ignaro.

L'illusione che su questo pianeta tutto potesse essere vero per breve tempo fortunata mente aveva imprigionato anche lei… e si ricordò di quel disegno che anni prima aveva fatto dove lei stessa si rappresentava con la testa avvolta in una bolla.

La vera libertà era quella interiore e lei lo sapeva bene in quanto da sempre era il solo posto dove si sentiva protetta e al sicuro... dentro se stessa.

I dubbi e i rallentamenti ci sarebbero sempre stati ma l'importante era rimanere centrati sull'obiettivo e il suo era quello di proteggere la sua famiglia e che le sue ali rimanessero più candide possibili.

Certo quel suo sguardo nostalgico non si separava mai da lei e chissà quanto avrebbe dato per rincontrare un suo simile e lasciare che il suo cuore si espandesse pienamente senza fare danni a cose o persone… ma ciò era impossibile e lei lo sapeva bene.

Ci sarebbe stato un giorno non molto lontano che l'effimero avrebbe smesso di dominare e si sarebbe andato incontro all'essenza delle cose senza più filtri e finte demagogie.

Nel frattempo il piccolo cresceva e presto avrebbero dovuto affrontare l'ennesimo trasloco.

E cosi fu, cambiarono città, questa volta fu lei a scegliere quella cittadina graziosa che l'aveva sempre attirata, da tempo il nome le suonava in testa e che sperava potesse portare un po' di serenità a loro tre che ormai rassegnati al peggio e si erano spenti alla vita.

Per l'ennesima volta in una giornata di caldo girarono pagina e si trasferirono lì dove pensavano sarebbe potuta iniziare una nuova vita.

Lei apprezzò subito il fatto che in quel posto non si sentiva spiata e che la gente non fosse così ficcanaso come era stata abituata dal luogo precedente e che anzi forse avrebbe dovuto faticare non poco per integrarsi in quell'ambito dove ognuno fingeva di pensare ai fatti propri, forse fin troppo.

Tutto si ammorbidì, ma restarono in allerta in quanto ormai sapevano bene che le apparenze ingannano e che bisogna diffidare da chi ti saluta sorridendo ma che bestemmia poi indemoniato a casa sua inveendo contro i suoi cari.

Il piccolo fu preso da una società professionistica di calcio e superata l'emozione e l'ebrezza del primo momento, si trovarono di fronte a situazioni assurde che rasentavano la parodia... vissero tristemente il disincanto.

Tra il mister denunciato, i genitori che decidevano la formazione e mamme pronte a tutto per far sì che i loro figli continuassero a giocare in una squadra "di prestigio" a detta loro, capirono ben presto che il calcio dei piccoli non era basato sulla meritocrazia ma disponibilità economica e le conoscenze dei genitori.

Dopo aver visto bambini vomitare e con l'ansia da prestazione prima di entrare in campo solo per paura che per una loro minima manchevolezza avrebbero potuto essere sostituiti fin dal primo minuto, considerando che era già deciso chi dovesse sempre giocare e chi no, da tutto quello schifo lei portò via suo figlio.

Ancora oggi una demente pappagallo dice in giro che il piccolo fu cacciato perché ingestibile.

Cosa ancora più assurda fu fare i conti con la gelosia e l'invidia di chi non aveva mai accettato che il piccolo fosse stato preferito ai propri figli.

Tra cene e cenette cercavano di riempire il vuoto che lasciava l'inutilità delle loro vite con pettegolezzi e bugie che tramandate di bocca in bocca crebbero a tal punto da divenire barzellette.

Bisognerebbe sempre diffidare di chi vive con la frustrazione di

avere dei figli antipatici e che purtroppo non eccellono in niente
se non in qualcosa che desiderano fare loro.

La cosa più eclatante fu però quando venne a sapere che per la
particolarità del suo carattere schietto e sincero veniva a apo-
strofata come "pazza" da alcune mamme stitiche di emozioni e
portaborse del potere scolastico che non accettavano questo
suo rimanere fuori dal clan dove l'ipocrisia e la cattiveria regna-
va sovrana.

Ma in un giorno qualunque un'appartenente al clan" sparlo
dietro", ferita a sua volta, decise di rompere l'omertà e finalmente ci fu il trionfo della verità.

A volte la vita delle donnette è molto dura!

Rimanevano comunque dubbie le figure che avevano a che fare
con il piccolo quali quelle nel mondo scolastico apparentemente disponibili ma che in fondo proteggevano a loro volta figure
inquietanti.

La speranza di ogni genitore è quella di affidare i propri figli a
degli insegnanti che siano onesti nel giudizio ed esenti da qualsiasi preferenza ma in certi casi risulta vana e la cosa ancora più
grave è omaggiarli con presenti preziosi inopportuni e imbaraz-
zanti.

Anche lì andò oltre e vide la miserevolezza di queste persone
come una via scelta dalle loro anime per purificarsi il karma.

Un giorno, quando suo figlio le confidava le pene d'amore per un musino dagli occhi azzurri come il cielo e i capelli come il colore del grano venne pervasa da brividi intensi e la sua mente svuotata da tutto il superfluo ricominciò a vibrare con le note che sul pentagramma celeste intonano melodie d'amore.

Si perse negli occhi meravigliosi di suo figlio e si accorse che la consapevolezza eterna si stava rimpossessando di lei e tutto le sembrò più semplice, più chiaro.

Mai e poi mai sarebbe diventata umana e questo le sollevò il cuore dalla pena più dura che può essere inflitta a chi a questo pianeta non è mai appartenuto.

Rivide velocemente i dolori, le pene, le emozioni forti, gli occhi della madre di lui, la tenerezza mascherata di suo marito, la lontananza dei suoi genitori, l'indifferenza di sua sorella e final- mente rivide le sue ali leggere e possenti.

Ci sarebbero stati nuovi ostacoli e sicuramente nuove delusioni insite nelle prove infinite da superare per un'oncia di gioia e nel suo cuore una frase vibrava forte e imperativa...

IO VI PERDONO! e subito dopo la solita vocina rispondeva... anche se so che me ne pentirò.

Grazie di cuore ad Annalisa Dini che ha ideato e curato amorevolmente la grafica della copertina del libro. Ti voglio bene Anna!!!

Grazie a mio marito Francesco che ha creduto sempre in questo libro basandosi solo su qualche frase letta qua e là e mi ha sempre incoraggiata anche quando avrei voluto mollare tutto.

Grazie infine a tutti coloro che sono arrivati all'ultima pagina lasciandosi il beneficio del dubbio.

Carmela